Vulpea şi cocorul

O fabulă de Esop

The Fox and the Crane

An Aesop's Fable

retold by Dawn Casey

illustrated by Jago

Romanian translation by Gabriela de Herbay

Fox started it. He invited Crane to dinner...
When Crane arrived at Fox's house she saw dishes
of every colour and kind lined the shelves.
Big ones, tall ones, short ones, small ones.
The table was set with two dishes. Two flat shallow dishes.

Vulpea a început-o. Ea l-a invitat pe cocor la masă...
Când a sosit la casa vulpii cocorul a văzut, aranjate pe etajere, vase în tot
felul de culori şi forme. Unele mari, altele înalte, unele joase, altele mici.
Masa era pusă, cu două vase. Două farfurii întinse.

Cocorul a ciugulit şi a ciupit cu ciocul lui lung şi subţire. Dar oricât de tare a încercat nu a putut lua nici o înghiţitură de supă.

Crane pecked and she picked with her long thin beak. But no matter how hard she tried she could not get even a sip of the soup.

Vulpea privi cocorul cum se străduia şi chicoti. Ea îşi ridică supa la buze şi cu o ÎNGHIŢITURĂ, un PLEOSC şi o SORBITURĂ a plescăit-o toată.

„Aha, e delicioasă!" râse ea sfidător, ştergându-şi mustăţile cu dosul labei. „Vai, cocorule tu nici nu te-ai atins de supă," spuse vulpea cu un zâmbet afectat. „ÎMI pare rău că nu ţi-a plăcut," adăugă ea încercând să nu izbucnească în râs.

Fox watched Crane struggling and sniggered. He lifted his own soup to his lips, and with a SIP, SLOP, SLURP he lapped it all up. "Ahhhh, delicious!" he scoffed, wiping his whiskers with the back of his paw.

"Oh Crane, you haven't touched your soup," said Fox with a smirk. "I AM sorry you didn't like it," he added, trying not to snort with laughter.

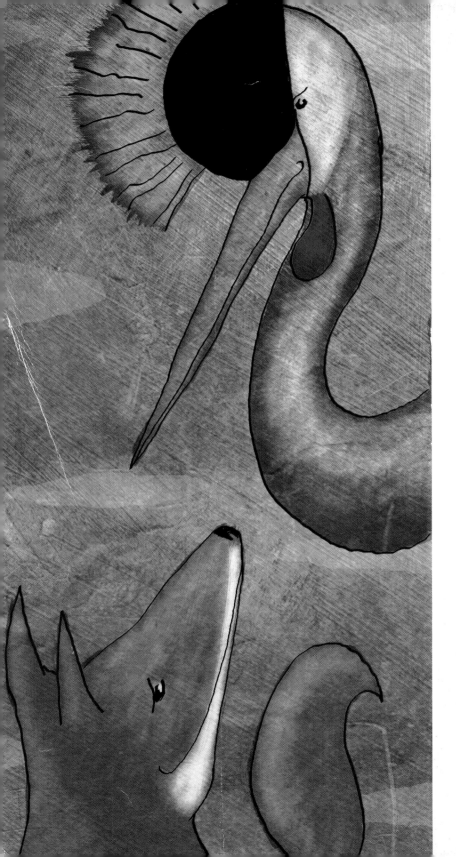

Cocorul nu a zis nimic. Se uită la mâncare. Se uită la farfurie. Se uită la vulpe, şi zâmbi.
„Dragă vulpe, mulţumesc pentru amabilitatea ta," spuse cocorul politicos. „Te rog să mă laşi să te răsplătesc, vino la masă la mine acasă."

Când a sosit vulpea fereastra era deschisă. Un miros delicios se prelingea afară. Vulpea îşi ridică botul şi adulmecă. Îi lăsă gura apă. Stomacul îi chiorăi. Îşi linse buzele.

Crane said nothing. She looked at the meal. She looked at the dish. She looked at Fox, and smiled.
"Dear Fox, thank you for your kindness," said Crane politely. "Please let me repay you — come to dinner at my house."

When Fox arrived the window was open. A delicious smell drifted out. Fox lifted his snout and sniffed. His mouth watered. His stomach rumbled. He licked his lips.

„Draga mea vulpe, pofteşte înăuntru,"
spuse cocorul, întinzându-şi aripile
graţios.
Vulpea se împinse pe lângă el să intre.
Aranjate pe etajere ea văzu vase în tot
felul de culori şi forme. Unele roşii,
altele albastre, unele vechi, altele noi.
Masa era pusă cu două vase.
Două vase înalte, înguste.

"My dear Fox, do come in," said Crane,
extending her wing graciously.
Fox pushed past. He saw dishes of
every colour and kind lined the shelves.
Red ones, blue ones, old ones, new ones.
The table was set with two dishes.
Two tall narrow dishes.

Vulpea a lins și a plescăit cu botul ei scurt. Dar oricât de tare încerca nu putea lua nici o îmbucătură din mâncare.

Fox licked and he lapped with his short little snout.
But no matter how hard he tried he could not
get even a mouthful of the meal.

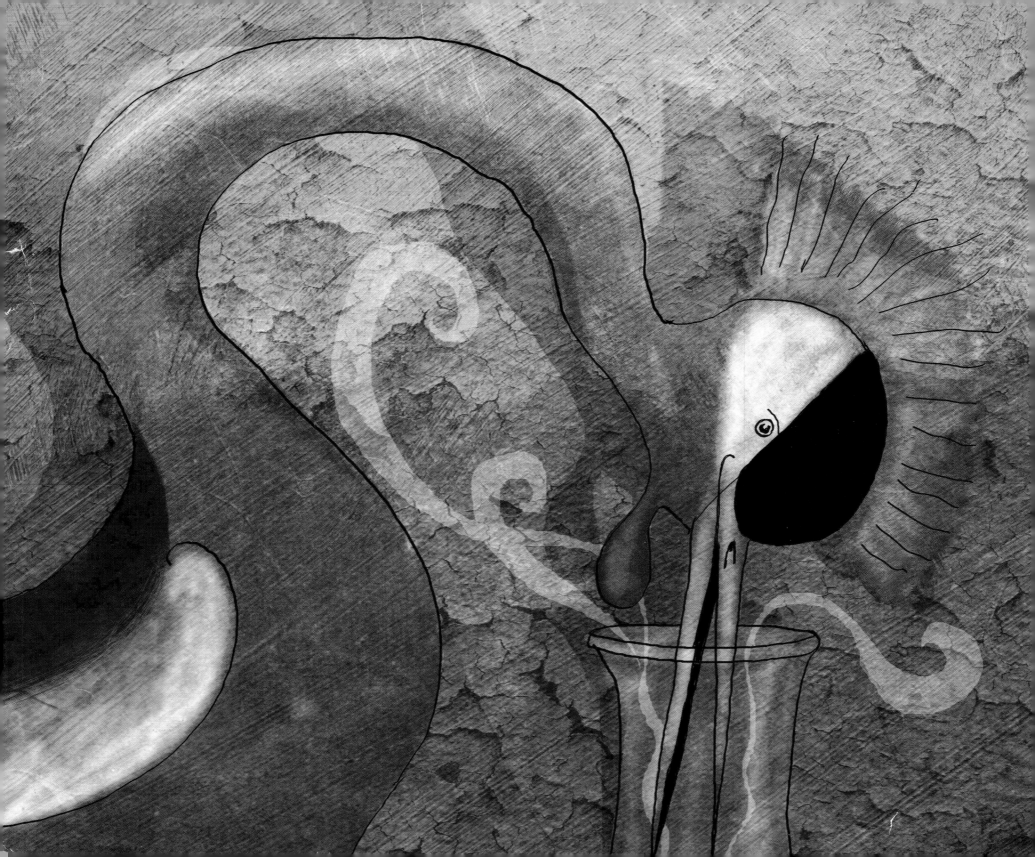

Cocorul și-a mâncat mâncarea foarte încet, savurând fiecare înghițitură.
„Dragă vulpe, îți mulțumesc foarte mult că ai venit," zâmbi el, „mi-a
făcut plăcere să-ți răsplătesc bunătatea."

Stomacul vulpii gâlgâia și chiorăia.
Și când a ajuns acasă îi era tot foame.

Crane ate her meal very slowly, savouring every mouthful.
"Dear Fox, thank you so much for coming," she smiled,
"it has been a pleasure to repay your kindness."

Fox's tummy gurgled and grumbled.
And when he went home, he was still hungry.

The Fox and the Crane

Writing Activity:
Read the story. Explain that we can write our own fable by changing the characters.

Discuss the different animals you could use, bearing in mind what different kinds of dishes they would need! For example, instead of the fox and the crane you could have a tiny mouse and a tall giraffe.

Write an example together as a class, then give the children the opportunity to write their own. Children who need support could be provided with a writing frame.

Art Activity:
Dishes of every colour and kind! Create them from clay, salt dough, play dough… Make them, paint them, decorate them…

Maths Activity:
Provide a variety of vessels: bowls, jugs, vases, mugs… Children can use these to investigate capacity:

Compare the containers and order them from smallest to largest.

Estimate the capacity of each container.

Young children can use non-standard measures e.g. 'about 3 beakers full'.

Check estimates by filling the container with coloured liquid ('soup') or dry lentils.

Older children can use standard measures such as a litre jug, and measure using litres and millilitres. How near were the estimates?

Label each vessel with its capacity.

The King of the Forest

Writing Activity:
Children can write their own fables by changing the setting of this story. Think about what kinds of animals you would find in a different setting. For example how about 'The King of the Arctic' starring an arctic fox and a polar bear!

Storytelling Activity:
Draw a long path down a roll of paper showing the route Fox took through the forest. The children can add their own details, drawing in the various scenes and re-telling the story orally with model animals.

If you are feeling ambitious you could chalk the path onto the playground so that children can act out the story using appropriate noises and movements! (They could even make masks to wear, decorated with feathers, woollen fur, sequin scales etc.)

Music Activity:
Children choose a forest animal. Then select an instrument that will make a sound that matches the way their animal looks and moves. Encourage children to think about musical features such as volume, pitch and rhythm. For example a loud, low, plodding rhythm played on a drum could represent an elephant.

Children perform their animal sounds. Can the class guess the animal?

Children can play their pieces in groups, to create a forest soundscape.

Regele pădurii

O fabulă chinezească

The King of the Forest

A Chinese Fable

retold by Dawn Casey

illustrated by Jago

Romanian translation by
Gabriela de Herbay

Vulpea se plimba prin pădure când deodată a auzit ceva mişcându-se în iarba înaltă.
UN FOŞNET Ceva mare.
UN CLIPIT Ceva cu ochi galbeni.
O SCLIPIRE Ceva cu dinţi ca nişte cuţite.

Fox was walking in the forest when he heard something moving in the long grass.
RUSTLE Something big.
BLINK Something with yellow eyes.
FLASH Something with teeth like knives.

„Bună dimineața vulpițo," rânji tigrul, gura lui fiind toată numai dinți.
Vulpea înghiți în sec.
„Îmi face plăcere să te întâlnesc," miorlăi tigrul. „Tocmai începuse să
mi se facă foame."
Vulpea se gândi repede. „Cum îndrăznești!" spuse ea. „Tu nu știi că
eu sunt Regele Pădurii?"
„Tu! Regele Pădurii?" spuse tigrul, și răcni cu râsete.
„Dacă nu mă crezi," răspunse vulpea cu demnitate, „mergi în spatele
meu și o să vezi că tuturor le este teamă de mine."
„Trebuie să văd așa ceva," spuse tigrul.
Așa că vulpea se plimbă prin pădure. Tigrul mândru mergând cu
coada în sus, în spatele ei, până când...

"Good morning little fox," Tiger grinned, and his mouth was nothing but teeth.
Fox gulped.
"I am pleased to meet you," Tiger purred. "I was just beginning to feel hungry."
Fox thought fast. "How dare you!" he said. "Don't you know I'm the King of the Forest?"
"You! King of the Forest?" said Tiger, and he roared with laughter.
"If you don't believe me," replied Fox with dignity, "walk behind me and you'll see –
everyone is scared of me."
"This I've got to see," said Tiger.
So Fox strolled through the forest. Tiger followed behind proudly, with his tail held high,
until…

CÂRR!
Un şoim cu un cioc mare încovoiat! Dar şoimul aruncă
o privire tigrului şi fâlfâi înspre copaci.
„Ai văzut?" spuse vulpea. „Tuturor le este teamă de mine!"
„De necrezut!" spuse tigrul.
Vulpea continuă plimbarea prin pădure. Tigrul, cu coada
lăsată puţin în jos, o urma încetişor, până când...

SQUAWK!
A huge hook-beaked hawk! But the hawk took
one look at Tiger and flapped into the trees.
"See?" said Fox. "Everyone is scared of me!"
"Unbelievable!" said Tiger.
Fox strode on through the forest.
Tiger followed behind lightly,
with his tail drooping slightly,
until...

MÂRR!

Un urs mare negru! Dar ursul aruncă o privire tigrului şi se prăbuşi în tufişuri.

„Ai văzut?" spuse vulpea. „Tuturor le este teamă de mine!"

„De necrezut!" spuse tigrul.

Vulpea înaintă prin pădure. Tigrul, târându-şi coada pe jos, o urma supus, până când...

GROWL!

A big black bear! But the bear took one look at Tiger and crashed into the bushes.

"See?" said Fox. "Everyone is scared of me!"

"Incredible!" said Tiger.

Fox marched on through the forest. Tiger followed behind meekly, with his tail dragging on the forest floor, until…

SS!

Un şarpe suplu lunecos! Dar şarpele aruncă
o privire tigrului şi se târî printre buruiene.
„AI VĂZUT?" spuse vulpea. „TUTUROR LE
ESTE TEAMĂ DE MINE!"

HISSSSSS!

A slinky slidey snake! But the snake took one look
at Tiger and slithered into the undergrowth.
"SEE?" said Fox. "EVERYONE IS SCARED
OF ME!"

„Da, văd," spuse tigrul, „tu ești Regele Pădurii și eu sunt servitorul tău umil."
„Bine," spuse vulpea. „Atunci, du-te!"

Și tigrul plecă cu coada între picioare.

"I do see," said Tiger, "you are the King of the Forest and I am your humble servant."
"Good," said Fox. "Then, be gone!"

And Tiger went, with his tail between his legs.

„Regele Pădurii,“ îşi spuse vulpea zâmbind. Zâmbetul ei crescu într-un rânjet, iar rânjetul crescu într-un chicot, şi vulpea râse cu hohote tot drumul până acasă.

"King of the Forest," said Fox to himself with a smile. His smile grew into a grin, and his grin grew into a giggle, and Fox laughed out loud all the way home.

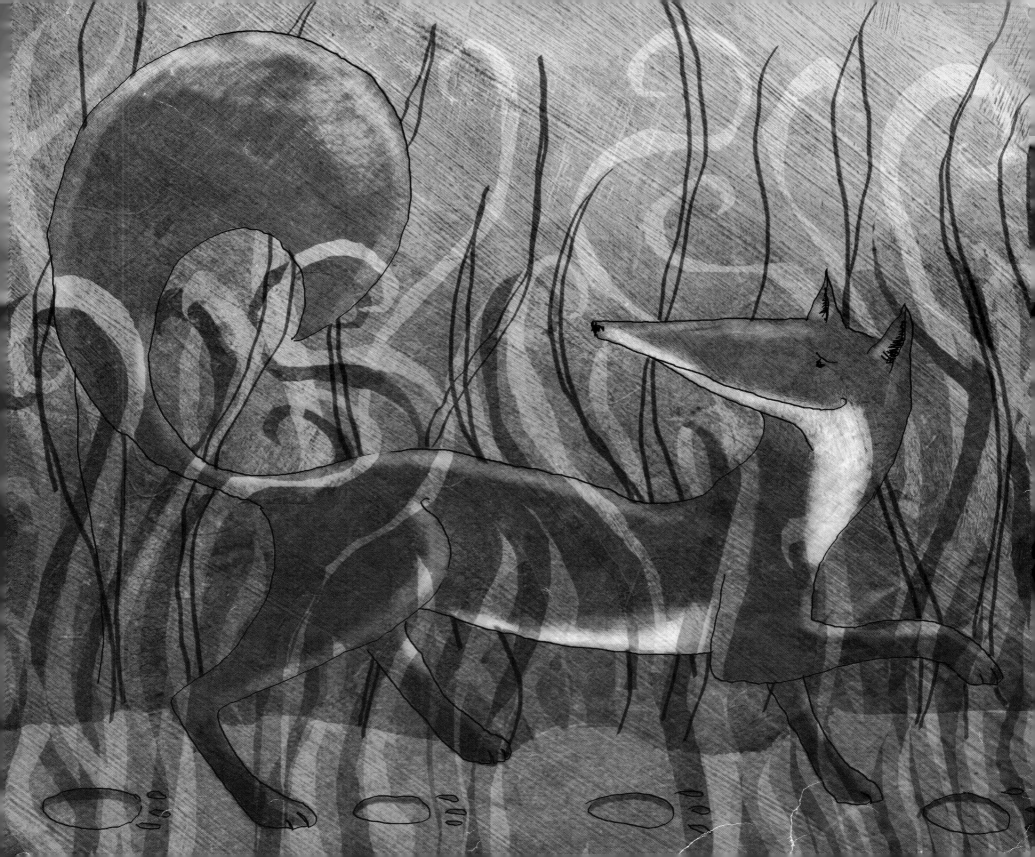

To my Nana, with love - DC
For my wife, Alex - J

First published in 2006 by Mantra Lingua Ltd
Global House, 303 Ballards Lane
London N12 8NP
www.mantralingua.com

A CIP record for this book is available from the British Library